Rebanadas de Vida

Relatos Cortos Patéticos y de Humor

Por Mark Wilkins

INDICE DE CONTENIDO

Una cuestión de perspectiva

Un Esposo inteligente

Un Estadounidense Arrogante Andy

¿Cómo perdió a sus amigos de Facebook?

La Primera Caminata de Johnny

Kermit Jamon

El Pequeño Arnie y los perros bravos

Señales mal interpretadas

Teléfono celular de mamá

Hombre musculoso

Resurrección de Jock

El paseo Salvaje de Rose
Un Cordero como Mascota
Las Pistas Erróneas
 El Almuerzo Comunal
El Loco Inquisitivo
El Mal Olor
El Poder de la Soda
La Maldición de una Mujer Gitana Enojada
La Futilidad de Retener Resentimientos
El Malentendido Internacional

Una cuestión de perspectiva

Tres hombres viejos estaban sentados en un banco de la parada del autobús. Para pasar el tiempo tenían una conversación comparando lo difícil había sido su infancia. Mientras que los dos primeros hombres viejos estaban hablando, el tercero quedó sentado escuchando.

El primer hombre viejo dijo "Cuando yo era niño, tuve que caminar tres millas a la escuela cada mañana."

El segundo hombre viejo dijo "Yo tuve que caminar cuatro millas."

El primer hombre viejo dijo: "No había señales de tráfico, arriesgué mi vida para cruzar la calle."

El segundo hombre viejo dijo: ¿Usted tenía calles?

Yo tuve caminos de tierra. Yo arriesgué mi vida con cada paso que daba, porque cualquier coche podía atropellarme en cualquier momento".

El primer viejo, que estaba ya alterado dijo: ¡"Tuve que caminar con, temperaturas bajo cero!"

El segundo hombre viejo dijo:! "Yo también lo hice y nuestro clima estaba tan frío, que mi chamarra se congelo!"

El primer hombre de edad, se dio cuenta de cómo el segundo anciano le superó, y dijo ¡"Tenías chamarra!"

El segundo anciano respondió: "Sí tuvimos chamarras pero estábamos tan pobres que mi chamarra estaba hecha de bolsas de papel."

El primer hombre de edad, en un intento obvio para ser mejor que el segundo, le gritó: "¿Sí? ¡Bueno, cuando yo era un niño caminaba a la escuela en temperaturas tan frías mis zapatos congelaron! "

A lo que el segundo anciano respondió: ¿"Usted tenía zapatos?"

El tercer hombre de edad, que había estado sentado en silencio durante toda la conversación habló de repente; ¿"Usted tenía los pies?"

Luego abrió su chaqueta y reveló dos piernas cortadas en las rótulas.

A veces vemos la vida desde la perspectiva de

nuestros propios problemas y, al hacerlo,

ignoramos lo afortunados que en realidad somos

El Esposo Inteligente

Bryan y Annie habían estado casados cerca de cuatro años. Bryan era quince años mayor que Annie que tenia 27 años de edad. Annie y Bryan tenían un perro grande. Annie tenía la costumbre de permitir que el perro se subiera a su regazo, tocar su nariz con la de ella y le daba una gran lamida en su rostro. A Bryan nunca importaba. Era sólo una de esas cosas peculiares que un cónyuge hace que el otro cónyuge soportó y aprende a ignorar.

La madre de Annie estaba de visita durante una semana. Trabajó muy duro para cocinar una cena con pavo. Los tres se sentaron a la mesa y empezaron a comer. De repente, su perro Sparky puso sus patas delanteras en el regazo de Annie y se subió a su regazo. Ella volvió la cara hacia él y le tocó la nariz a la de ella. Luego le dio una gran lamida en el rostro. El perro se bajo y se acostó al lado de Annie.

La madre de Annie estaba horrorizada por lo que acababa de presenciar.

"! Que cerda!", Gritó. "Que cerda eres Annie!"

Luego miró a Bryan. "¿Qué crees cariño? ¿Cuál de ellos es un cerdo, su perro o mi hija? "

Bryan pensó por un momento antes de responder.

"Si me estás preguntando cuál es un cerdo, mi esposa o mi perro, el cerdo es siempre mi perro." Dijo.

Annie rió con regocijo. ¡"Que maravilloso marido tengo!"

La madre de Annie bromeó "Pero Annie es inteligente tiene un cerebro y debe saber mejor. ¿El perro es un perro tonto? "

"Porque esta noche, cuando me voy a dormir," Bryan respondió: "Quiero dormir en mi cama con mi hermosa, amada esposa en lugar de en la caseta del perro con Sparky".

Un ejemplo de "Una americana arrogante"

Una mujer estadounidense estaba de visita en una nación sudamericana. Ella estaba en una cena elegante que requería corbata negra a los caballeros y vio a un caballero distinguido en un esmoquin negro que paso cerca de ella.

"¡Eh, tú!", Gritó al pasar.

Se detuvo y se dirigió a ella. "Sí señora."

"¿Me podría traer algunos jalapeños?" Ella preguntó.

"Señora," dijo cortésmente: "Yo soy el presidente de este país."

¿"Acaso no eres un servidor del pueblo?" Ella

contestó.

"No señora, estoy a cargo de la gente, hay una diferencia." Dijo él, un tanto molesto.

"¿Cuál es la diferencia?" Ella preguntó mientras él daba la vuelta para alejarse de ella.

Se dio la vuelta y respondió: ¡"Un siervo de la gente consigue los jalapeños de la gente para ellos; alguien a cargo de la gente les dice consiga sus propios malditos jalapeños! "

Problema de Andy

A los catorce años de edad Andy tenía un gran problema. Su mejor amigo Bobby tenía mal aliento. Le caía bien Bobby, pero no podía soportar estar cerca de él, porque cada vez que Bobby abría la boca, Andy tenía que contener la respiración para no inhalar los gases tóxicos procedentes de la boca de Bobby.

Lo que es peor, Bobby no tenía ni idea de que su aliento era tan malo. Bobby era grande y se veía malvado así que la mayoría de los niños tenían miedo de decirle algo negativo. Andy tenía que averiguar una manera de decirle a Bobby que su aliento apestaba sin hacer Bobby se enojara.

Pensó y pensó. Entonces una idea le vino a la

cabeza. Tal vez si él pusiera una botella de enjuague bucal de menta fresca en el gimnasio en el locker de Bobby, con una nota escrita por alguien Bobby no conociera, tal vez Bobby pudiera entender la indirecta y empezar a utilizar enjuague bucal.

Andy hizo que un estudiante de intercambio Bjorn Bornay escribiera la nota, Bobby no le conocía. Andy le dijo Bjorn como escribir una nota a Bobby que le decía que tenía que usar el enjuague bucal para que su aliento huela bien. Bjorn escribió la nota, dobló el papel y se lo entregó a Andy. Mientras Bobby estaba tomando una ducha, Andy puso rápidamente el enjuague bucal y la nota en el armario abierto de Bobby.

Cuando Bobby regresó vio el enjuague bucal, murmuró algunas cosas acerca de cómo le gustaba recibir cosas gratis y abrió la nota. Leyó la nota, entonces, se enojó, arrugó la nota y lo estrelló el enjuague contra el suelo. Se vistió rápidamente, dio un portazo vestuario y salió de los vestuarios. Andy cogió la nota arrugado y lo leyó.

Decía:

Estimado estúpido,

Usted tiene el aliento hedor que hace que el basurero en pleno mediodía huele bien. Utilice este enjuague bucal de menta fresca y nos salvara de un destino peor que el de la muerte, es decir, huele aun a 100 pies de distancia de usted.

Firmado,

Alguien que no puede soportar más el dolor.

Bobby estuvo de mal humor todo el día. Él le dijo a Andy que iba a matar a quien le había enviado la nota y el enjuague bucal. Andy estaba preocupado de que Bobby pudiera averiguarlo.

Bobby nunca supo quien envió la nota. Él nunca se enteró quien envió el enjuague bucal pero en realidad comenzó a usarlo. Para sorpresa de todos, mediante el enjuague bucal transformando el pelo de la nariz de Bobby en crespo, el aliento repugnante en menta, nariz crespa, y muy mal aliento. Lo que Andy no sabía era que la respiración hedor de Bobby fue causada por un puñado de dientes podridos. Nunca fue al dentista antes de que llegara el enjuague bucal, después no consiguió que el enjuague bucal lo curara. El papá de Andy consiguió un trabajo en otro estado unos meses más tarde y Andy se fue Nunca olvidó a Bobby. De hecho, él se acordó de él cada vez que pasaba por el borde donde había alcantarillado.

¿Cómo perdió a sus amigos de Facebook?

Una noche, Joe estaba en Facebook con un grupo de amigos que había conocido durante muchos años. Muchos de ellos se trasladaron fuera de la ciudad y no se habían realmente visto durante bastante tiempo pero Facebook le ofreció la oportunidad de mantenerse en contacto con todos ellos. En esa noche, todos estaban poniendo sus fotos raras. Y como uno publicaba una foto, otro hacia un comentario gracioso al respecto.

Entonces la vio. Una foto de una mujer mirando a los ancianos con sobrepeso mirando fijamente a un teléfono celular que sostenía alrededor de donde era su vientre. .Entonces pensó en ello. Una historia que haría a todos sus amigos reír. Era cruel y

mordaz pero encajaba la foto a la

perfección. Comenzó a escribir en la sección de

comentarios y pulsa enter.

"Hattie no había visto los dedos de sus pies en seis

años, por lo que tomó una foto de ellos para

asegurarse de que aún estaban allí."

En cuestión de segundos sus amigos empezaron a

cortar la conexión con el.

!"Bastardo cruel!", Escribió un amigo.

"¿Cómo te atreves?" Escribió otro.

!"Se ha pasado de la línea, cerebro de mierda!",

Escribió el tercero.

Y tan pronto como sus amigos escribieron esos

comentarios, lo eliminaron del facebook. Joe no

podía entender por qué sus amigos estaban tan enojados con él. Luego regresó y tomó un buen vistazo a la foto. Era la esposa de uno de sus amigos que había fallecido la noche anterior. Quería pedir disculpas, pero ya era demasiado tarde. No tenía más amigos porque lo dejaron y ya no había a quien pedirle disculpas. Primera Caminata de Johnny.

Johnny era un niño bastante precoz para siete años. Siempre había querido ir de excursión, pero había un problema. Él vivía en medio de una gran ciudad y no tenía acceso al transporte. No había cerca bosques o parques extensos. Johnny había perdido la esperanza.

Norman, su hermano mayor dijo que llevaría a

Johnny. Norman estaba viviendo en una base militar a 300 millas de distancia de la ciudad en la que Johnny vivía. Un fin de semana que él fuera a la ciudad le dijo a Johnny que lo llevaría de excursión.

Norman no tenía un historial de ser muy bueno con Johnny. Antes Johnny soñaba con ir de excursión, soñaba con ir a la nieve. Norman le llevó a principios del año. Norman se fue a esquiar mientras Johnny estaba atrapado en la casa de campo con la novia bonita pero no muy inteligente de Norman llamada Paula. Él realmente pudo ver y tocar la nieve pero eso fue cuando él estaba caminando hacia el coche para ir a casa.

Norman recogió a Johnny. Ellos manejaron a

toda velocidad en el coche nuevo de

Norman. Condujeron por millas y millas y parecía

que Norman iba a ir a un bosque. Entonces Norman

recibió una llamada telefónica.

"Vamos a tener que cortar nuestra excursión."

Norman dijo mientras colgaba su teléfono celular.

"Me acaban de avisar de una reunión importante."

Johnny estaba devastado. Se quejó de que

nunca podía hacer nada. Él comenzó a llorar. El

Llanto de Johnny tocó el corazón de Norman. Él

salió de la autopista en la siguiente rampa de

salida. Conducía por la calle y se volvió por un

camino de tierra que lo llevó a un cerro. Estaciono

su coche y salió de él.

"Aquí estamos buen chico." Le dijo a Johnny.

"¿Dónde estamos?" respondió Johnny.

"El lugar donde vamos a ir de excursión," Norman respondió: "Vamos a caminar a lo largo de esa colina."

Dicho eso, Norman y Johnny comenzaron a caminar por la colina. A medida que se fueron subieron, los primeros arbustos densos en el comienzo de su viaje comenzaron a desvanecerse. Cuando llegaron a la cima de la colina, se veían más de lo que parecía ser un valle desierto con varios montículos grandes de tierra que parecía una ardilla gigante como si la hubieran hecho. Estaban dos excavadoras ahí abandonadas sin orden ni concierto. Había un montón de pequeñas cosas esparcidas por el suelo. Johnny no podía saber exactamente lo que eran las cosas.

Norman y Johnny siguieron y caminaron por la colina, y comenzaron a caminar en la llanura desierta. Johnny comenzó a reconocer las cosas que había visto en el suelo desde lo alto. Había algunas rocas y algunas malezas aquí y allá, pero la mayor parte de lo que se diferenciaba fuera de la tierra era algo que parecían ser trozos de papel, metal y plástico cubierto con tierra.

Mientras caminaban más, el número de elementos en el suelo aumentó. Llegaron a uno de los montículos gigantes de suciedad. Johnny trepó por ella. Él animó triunfal al llegar por fin a la cima. Corrió de vuelta por la colina y se unió a

Norman que estaba hablando a distancia en su teléfono celular, caminando a nivel del suelo en el otro lado.

Caminaron un poco más y se encontraron con una de las excavadoras. Johnny se subió encima de golpe y se sentó en el asiento del conductor. Fingió que era un tanque y jugó al comandante del tanque durante unos 15 minutos, mientras que Norman se quedó allí continuando su conversación por teléfono celular.

El caminó otra media milla. Mientras caminaban Johnny vio más y más pedacitos de papel, plástico y de metal pegados fuera de la tierra. Jugó un juego tratando de distinguir lo que eran antes de que fueran segadas bajo la tierra. Vio algunas páginas de periódico, un par de guías telefónicas, varias cajas de galletas y galletas. Vio latas de todo tipo e incluso botellas.

Johnny se detuvo de repente. Miró hacia delante unos 20 pies. Reconoció algo que él había tirado recientemente. Corrió hacia él. Efectivamente, era su muñeco de G.I. Joes Le faltaba el brazo izquierdo y tenia una marca de quemadura en su sien derecha. Johnny miró a Norman.

Norman ", dijo. "Creo que hemos estado caminando en un relleno sanitario."

No ", respondió Norman," Creo que hemos estado caminando en un basurero".

Kermit Ham

Kermit Ham aspiraba ser un jugador de fútbol estrella. Dadas las circunstancias, sin embargo, necesitaría un cambio drástico. Kermit estaba en profunda angustia, porque todo lo que siempre quería hacer era jugar al fútbol.

Kermit sólo sabía que una vez que fuera aceptado por un equipo de fútbol iba a ganar su lugar en la alineación titular. Sabía que una vez que comenzara a jugar, él sería el motivo por el cual ganarían el juego. Él estaba seguro de que haría una contribución significativa a la victoria de ese equipo.

La necesidad de Kermit para jugar al fútbol era urgente y que estaba decidido a convertirse en un jugador de fútbol. Pasó horas imaginándose haciendo jugadas y ejecutando patrones. Anhelaba sentir la emoción de ser parte de un equipo y la idea de una multitud de personas animándolo a la victoria.

Su madre le aplastó el sueño de su vida cuando ella le dijo que era imposible. Ella le dijo que tendría que ser feliz con estar sentado en su propia mierda comer lo le dieran o lo que le pusieran delante de él. Además, dijo, que tenía una gran cantidad de familiares en el trabajo en los campos de fútbol de todo el mundo, y ninguno de ellos era feliz.

¿Por qué era imposible que Kermit pudiera ser una estrella de la NFL? Era imposible porque Kermit era un cerdo. Los familiares que estaban trabajando en los campos de fútbol no juegan al fútbol, sino

cubrían las pelotas de fútbol.

El Pequeño Arnie y los perros malvados

El pequeño Arnie era un muchacho delgado, frágil de 13. Su madre se iba a trabajar a las 6:00 cada mañana, así que Arnie tenía que caminar tres millas a su escuela secundaria. Cerca de la mitad de su recorrido de tres millas pasaba una casa con un patio delantero cercado. Unos Doberman gigantescos estaban acostados en ese patio.

Cada día, cuando Arnie pasaba por la casa, los dos Doberman se abalanzaban en contra de la valla en la que Arnie estaba pasando, ladrando y gruñendo todo el camino. Cuando llegaban a la valla siempre se abalanzaban hacia Arnie haciendo horribles gruñidos, ruidos que le daban miedo. Ellos trataban de romper la cerca y trataban de meter las narices en los orificios naturales en el enlace de la red y morder a Arnie. Ellos golpeaban la valla con tal rapidez y ferocidad que muchas veces, Arnie pensó que se rompería, permitiendo que los perros se escaparan y pudieran morder e incluso comer a Arnie.

Día tras día, Arnie temía a esa parte de su viaje hacia la escuela secundaria y el regreso. Él sabía que sólo sería cuestión de tiempo antes de que los dos perros agresivos fueran realmente a derribar la valla y mutilar o incluso comer su cuerpo delgado, frágil. Así que Arnie decidió hacer algo al respecto.

Se fue a la farmacia más cercana y compró una caja de tabletas laxantes Ex Lax. Mientras caminaba a la escuela al día siguiente, sacó todas las tabletas fuera de su caja y las puso en su bolsillo. Luego, al pasar por la casa con los Doberman, tiró todas las tabletas sobre la cerca. Los perros otra vez se fueron contra la valla gruñendo y ladrando contra él, el paso y al mirar hacia atrás, vio que ellos se dieron cuenta y fueron a revisar las pastillas después de que él y había pasado.

En su camino de regreso de la escuela Arnie pasó por la casa con los Doberman agresivos. No oyó los ladridos o gruñidos. Se acercó a la valla (algo que él tenía miedo de hacer antes), se atrevió a asomarse al patio. Él vio a las dos Doberman acostados he indiferentes, cerca de la puerta principal de la casa, y como a 60 pies de distancia de la valla.

Como Arnie miró en el patio se dio cuenta que uno de los perros apenas levantaba la cabeza, murmuró débilmente un ladrido y puso su cabeza hacia abajo. Una extraña alegría corrió por las venas de Arnie y sus mejillas se pusieron rojas, una sonrisa iluminó su rostro ¿Por fin había logrado detener los a los perros agresivos que le provocaban miedo y temor cada vez que se iba para la escuela? Sólo el tiempo lo diría.

Los perros agresivos permanecieron apáticos por el resto de esa semana. Después de eso, cada vez Arnie pasaba por la casa, los perros ladraban, comenzaban a ponerse agresivos pero lo dejaban de hacer al darse cuenta que era Arnie el que pasaba. En realidad no sé por qué los perros

cambiaron su actitud hacia él. Ni siquiera estaba

seguro de sí lo habían hecho por miedo o

respeto. Todo lo que sabía era que habían cambiado

y sus caminatas diarias eran mucho menos

estresantes a causa de ello.

Indicios mal interpretados

El líder de una de las naciones más poderosas del mundo fue en una visita de Estado a una nación del tercer mundo. Se le asignó un traductor de esa nación para que lo acompañara donde quiera que iba. El líder de esa nación tenía una cena de Estado en su honor. Más de 1.500 personas asistieron. El traductor pasó gran parte de su tiempo traduciendo en la cena, los huéspedes le hacían preguntas y querían las respuestas del líder, él visitó algunas de las muchas mesas que estaban en el gran salón de banquetes.

Después de la cena, el líder de la nación del tercer mundo introdujo al poderoso líder de la nación próspera, para que pudiera, como es habitual, dar un discurso. Se levantó y fue al podio y comenzó a hablar.

"Esta es mi primera vez en su país maravilloso." Dijo. "He conocido a mucha gente maravillosa aquí esta noche." Él continuó. Pero para su consternación, no había absolutamente ninguna reacción por parte de la audiencia.

"He hablado con otros funcionarios del gobierno de mi país para ver cómo podemos ayudar a su nación." Dijo. Pero el público se limitó a mirarlo con cara de piedra.

En un movimiento desesperado, caminó detrás del líder de esa nación, y como él se puso enfrente de él, le puso una mano en cada uno de los hombros del hombre y le gritó: "!Este hombre es mi amigo!"

!La multitud comenzó a gritar "Mushy Pooshy!"

Como un comienzo, pero extático parecía

conseguir un aumento en el grito de la multitud,

cuando dijo!"Nuestro país va a dar a su país una

gran cantidad de dinero en ayuda en los próximos

tres años!" Una vez más la multitud gritó: "Mushy

Poohsy! Pooshy blanda! "

"De hecho", continuó, "Es mi sincera esperanza de

que nuestras dos naciones estén muy cerca en el

futuro!"

Una vez más, la multitud gritó "Mushy

Pooshy! Pooshy blanda! "

Sintiendo triunfante, salió de la habitación y

cuando salía, podía oír el líder de la nación del

tercer mundo a los gritos de micrófono "Ahí va, un

gran líder de una gran nación!" A la que el público aún más fuerte que antes proclamado "Mushy Pooshy! Pooshy blanda! Mushy Pooshy !!! "

Mientras caminaba por el largo pasillo, a la salida una limusina lo esperaba, que lo llevaría al aeropuerto y al avión que lo estaba esperando, le preguntó en varias ocasiones a su traductor que fue lo que pensaba del discurso. El traductor se limitó a responder: "No es mi lugar de decirle señor."

Entonces, después de caminar un rato, el traductor se detuvo abruptamente frente a un lavadero.

Se volvió hacia el líder y dijo: "¿Puedo pedirte un favor?"

"Claro", Respondió el líder.

"Se supone que debo acompañarle a la limusina,

pero comí bastante en el almuerzo de hoy y tengo

que ir al baño a hacer una gigantesca Mushy

Pooshy.¿Puedo irme?"

"Por supuesto.", Fue la respuesta que el poderoso

líder de la nación próspera alejó sintiendo un poco

menos triunfante.

Teléfono celular de mamá

Dos hermanas, Sally y Jessica tenían una madre ya anciana que siempre estaba en las calles caminando por el barrio "visitando" a los amigos. Sally estaba preocupado por su madre, por lo que le compró un teléfono celular, para que pudiera llamar a Sally o Jessica si necesitaba ayuda o en caso de una emergencia.

Después de unas dos semanas, la madre se quejó con Jessica.

"Tu hermana sigue molestándome." Ella exclamó. "Ella me llama a todas horas, preguntado a quien he llamado, quiere comprobar y ver si estoy agotando la cuenta del teléfono celular. No puedo soportarlo más, ella me está volviendo loca! "

Jessica escuchó pacientemente, y luego respondió. "¿Qué quieres que haga?" Ella dijo. "Quiero que me consigas un teléfono celular. Su madre respondió. "Entonces, tal vez Sally deja de molestarme sobre esto, todo el tiempo."

Al final del mes Sally enojada cancelo el contrato de teléfono celular de su madre. A la mañana siguiente, Jessica llevó a su madre a la tienda de teléfonos celulares y le compra un nuevo teléfono celular de marca. Jessica puso el plan a su propio nombre. Ella dio a su madre un plan con 1500 minutos al mes y le explicó a su madre que ella debe usar el teléfono sólo cuando realmente lo necesitara porque la empresa cobraría 50 centavos por minuto cada vez que sé exceda de la tarifa asignada de 1.500 por mes. Por último, dijo a su madre que el teléfono tenía una buena batería recién cargada tenia cinco horas de duración, por lo que la madre no tenía que preocuparse por quedarse sin batería si ella necesitaba hacer una llamada. La madre de Jessica, con lágrimas en los ojos le dio las gracias y la abrazó.

Más tarde ese mismo día, la madre de Jessica apareció en su puerta. "Jessica", exclamó, "El teléfono no funciona!"

Jessica reviso el teléfono. Estaba muerto bien muerto. Inmediatamente se subió al carro y fue a la tienda de teléfonos celulares y llegó justo antes de que cerrara. Se acercó a un empleado y le preguntó sobre el teléfono muerto. Tomó el teléfono a la parte de atrás de la tienda y apareció unos minutos más tarde con una explicación.

"Las pilas agotadas.", Dijo.

"Pero cuando usted me vendió este teléfono, que me dijo que la batería tenia cinco horas de uso, ¿por qué esta muerta?" Replico Jessica.

"Debe haber sido agotada." Le respondió el arrogante empleado.

Jessica miró a su madre: "¿A quién llamó?", Le preguntó.

"Bueno," la madre de Jessica respondió: " A mi hermana en Miami, mi primo Joel en Francia, mi tía Runi con el ojo bueno, mi antiguo novio que no he hablado con el desde que tenía 23 años, y un par de amigos del antiguo barrio.

Hombre musculoso

El esposo y la esposa habían estado casados durante muchos años. Hace tiempo que el marido había pasado de su mejor momento y rara vez hacia ejercicio. Todavía le gustaba pensar en sí mismo como un hombre guapo y bien construido. Un día, su esposa le tocó el vientre, que había ampliado varias pulgadas de largo de los años, y dijo que "flácida".

El hombre tomó esta declaración en serio y decidió hacer un poco-nada al respecto. Detestaba ejercicio. La próxima vez que vio la mano de su esposa acercarse hacia él tensó sus músculos. Ella no dijo que estaba flácida. Con el tiempo, el hombre desarrollo el hábito de ponerse tenso cuando la mano de su esposa se acercaba a su cuerpo.   Un día, la esposa decidió poner a prueba a su marido. Movió su mano hacia su hombro, él se puso tenso. Era duro como una roca. Movió su mano hacia su brazo. Se tensó hasta allí también, ella se rió. Ella movió la mano a la parte baja de la espalda, él se puso tenso allí también. Ella se rió de nuevo. Su mano recorrió suavemente hacia la parte posterior de su muslo. Se tensó hasta allí también. Ella rió.

Luego, con un brillo en los ojos, dijo: "¿Qué le parece su hombre musculoso?"

"Me gustaría que el hombre que estaba sintiendo era el hombre con el que he estado casada." Respondió ella con una sonrisa.

Resucitando el Jock

Carl Granite solía ser un bien formado, bien engrasado, muy deportista cuando asistió a la escuela superior John Tyler en aquel entonces.. Todas las chicas deseaban que fuera su novio. Todos los chicos deseaban poder ser él. Era popular y sumamente atlético.

Ahora, apenas siete años después y setenta y cinco libras más pesado, sus dos mejores amigos estaban en mejor forma y más atléticos que él. Carl conocía a Ralph y Bob desde la escuela primaria. Todavía los conoció en la escuela secundaria y preparatoria. Ellos tuvieron la suerte de estar en el mismo equipo de fútbol en la universidad. La diferencia era que Bob y Ralph se quedaron en forma después de la universidad, mientras que Carl simplemente se dejó ir.

Todos los domingos por la mañana, lloviera o hiciera sol, los tres se reunieron a desayunar en un restaurante local. Hablaron de cómo había sido su semana y lo que habían planeado para la semana que viene. Un domingo en particular, Bob habló de un 10 K de carrera que acababa de terminar esa semana y Ralph hablado de un de 10 K carrera que iba a ir la próxima semana. Carl que anhelaba con alegría una competencia atlética sugirió que los tres se inscribieran para una carrera de 10 K.

¿"no lo dices en serio o si Carl?" Bob respondió. "Por supuesto que sí, Bob", dijo. "Va a ser divertido, como en los viejos tiempos"

"Pero Carl," Ralph contestó. "Tu no estas en condición!"

"Lo digo en serio y yo lo puedo hacer." Carl declaró inequívocamente.

"¿Cuándo vas a hacer esto?" Preguntó Bob.

"Vamos a inscribirnos en el 10 K Ralph será el próximo sábado!" Carl sugirió.

"No lo sé", dijo Bob. "Todavía me estoy recuperando de la carrera de ayer." "Además, tu no tienes tiempo suficiente para entrenar a Carl.", Dijo Ralph con preocupación.

"¿Entrenar?", Dijo Carl impunemente. "Puedo no estar en mi mejor forma, pero que no debería tener que entrenar mucho para un mísera carrera de 10

K. Yo solía correr maratones, ¿recuerdas? "

"Recuerdo", declaró Bob. "Pero eso fue entonces y (señalando abultada tripa de Carl), esto es ahora."

La cara de Carl se puso roja y sus fosas nasales se abrieron.

"Les apuesto chicos que, no sólo voy a terminar el 10 K el próximo sábado, pero voy a vencer a los dos!" Carl declaró con confianza.

"Estás loco Carl!" Ralph gritó. "Estas demasiado fuera de forma para terminar, y mucho menos nos ganaras!"

"¿Hablas en serio sobre esto Carl?" Preguntó Bob. Carl asintió afirmativamente.

"Está bien, estás adentro!" Bob gritó. "¿Cuál es la apuesta?"

"Vamos a mantenerle algo tranquilo y apuesto diez dólares cada uno.", Dijo Carl.

"Que sean veinte." Bob respondió.

Los tres hombres se dieron la mano y acordaron. Carl y Bob llamaron esa mañana y se inscribieron para la carrera 10K del próximo sábado. Al día siguiente, Carl se levantó y corrió una milla. Lo hizo en 11 minutos. Se sentía bien. El martes corrió una milla y media pero su pie izquierdo comenzó a doler por lo que se detuvo. Él descansó el miércoles y el jueves. Viernes, pensó en ir a correr pero se quedó dormido viendo la televisión.

Cuando la mañana del sábado llegó Carl se sentía bastante bien. Se sentía un poco culpable por no haber entrenado del miércoles al viernes, pero estaba feliz de que lo hizo bien en los días que entreno. Carl se puso su ropa nueva para correr que compró el domingo. Olía un poco raro ya que él se olvidó de lavarla después corrió en ellas el martes, pero se trataba de una carrera, no es un concurso de tener buen olor, por lo que Carl no le importo.

Carl fue programado para estar en la misma carrera que Bob y Ralph. Se sentía seguro cuando se alineó. Él los vio de reojo a Bob y Ralph y, por un momento se sintió como un verdadero campeón. A continuación, el pistoletazo de salida se disparó.

Cuando Carl se dio cuenta Bob y Ralph habían desaparecido. Corrió a ponerse al parejo con ellos, pero se agotó después de cerca de 100 yardas. Después de una media milla, la mitad de los corredores le había pasado. En el momento en que llegó a la marca de milla todos los corredores y la mitad de los próximos dos grupos de corredores lo dejaron atrás. Cuando llegó a la mitad del camino, los primeros corredores de un grupo que comenzó media hora después que él, comenzaron a pasarle.

Para el resto de la carrera, Carl seguía jadeando y resoplando y resoplando deteniéndose a descansar periódicamente. Cuando llegó al punto de dos millas, un niño de doce años le pasaba. A las dos y cuarto milla, una niña de seis años de edad, pasó a su lado. Los últimos 100 yardas por carrera oficial señalaron que el corredor detrás de él. Le dijo a

Carl que era el único corredor más lento que él. Carl sabía que tendría que ganarle o morirse al último.

Carl estaba decidido a terminar para que poder salvar de esta carrera un poco de su dignidad. Puso sus piernas en movimiento rápido. Sus fosas nasales se ancharon. Su corazón latía con fuerza. Él puso todo de su parte a pesar de el dolor, pero una mujer de 300 libras y setenta años era demasiado para él y ella le gano a llegar hasta la meta por tres segundos.

El paseo Salvaje de Rose

Gepetto Coconoseo era un hombre agradable pero algo estupido. El siempre dejaba que su novia Rose manejara su auto nuevo. Rose era conocida por todo el condado y sobre resalía por su horrible manera de conducir. Esta fama de horrible conductora llego hasta Washington D.C. y el Presidente de Los Estados Unidos de America comparo su manera de conducir como los carritos en Mr. Toad's Carros Salvajes de Disneylandia.

Un día en particular, Gepetto le presto su carro y ella llamo a sus amigas, dos mujeres Griegas llamada Nazine y Nazane para organizar sus aventuras. Nazine decidió que deberían ir de compras para comprar un par de zapatos nuevos para su tía Bazumi de 68 años de edad y 400 libras. Rose fue a recoger a Nazine, Nizane Buzuni y a toda velocidad se fue por la calle Washington hacia una lujosa galería de tiendas.

Cuando Rose se acercaba a la galería, el sonar de la maquina del Mercedes atrajo la atención a unos trabajadores al otro lado de la calle. Cuando Rose se acercaba a ellos, algunos se quedaron conmocionados y con miedo otros se dispersaron y corrieron por sus vidas. Rose giro para evitar golpear a alguien y paso rozando y golpeando a 13 carros estacionados en el estacionamiento de la estación del Metro Link. Un policía retirado de 59 años fue testigo del crimen, llamo a la policía y les dio las placas y la marca del carro nuevo de Geppettos ahora severamente aboyado.

Cuando Rose llego a la galería estaciono el carro. Entonces ella, Nazine, Nizane, y Buzami fueron a comprar los zapatos. Ellas se la pasaron fabulosamente. Ellas encontraron los zapatos inmediatamente así que pasaron horas comprando en otras tiendas y tuvieron una comida fabulosa en un restaurante muy elegante. Después de cuatro horas mas tarde salieron con zapatos y ropa que habían comprado y se dieron cuenta que el carro se lo había llevado la grúa.

"Bueno dijo Rosa haciendo gestos, creo que vamos a tomar el Metro Link para ir a casa"

Un Cordero como Mascota

José y Bartolo Cordero vivían en las selvas de Montana. Los muchachos vivían con su tía Martha. Martha era anciana y un poco senil. Había una cosa que todavía podía hacer bien. Podía cocinar. Los muchachos y la tía Martha se sostenían por los cheques del seguro social de su difunto marido. José, el hermano mayor de los Cordero, tenía 17 años. Era alto, esbelto y aventurero. Era un explorador y a menudo salía en excursiones de campamento con su tropa de exploradores. Josh también era bueno con los animales. Él tenía varios animales domésticos incluyendo tres perros, un gato y un cordero bebé.

Bartolo era lo opuesto de José. Él era bajito y gordito y tenía 12 años. Su idea de la aventura era ver una película de acción en T.V. Le gustaban las mascotas de José, pero rara vez jugaba con ellas. Le encantaba comer y fue el que más aprecio la buena cocina de su tía Marta.

Un día, José le dijo a Bartolo que iba a una excursión especial con su grupo de exploradores. Estaría fuera por tres semanas. Le pidió a Bartolo que cuidara de sus mascotas, ya que tía Marta podría olvidar alimentarlas o pasear a los perros. Bartolo estuvo de acuerdo.

Las tres semanas en que José se había ido estuvieron llenas de diversión. Caminó y pescó y subió un cerro de 2.000 pies. El y los otros exploradores se contaron historias de fantasmas de noche cuando hicieron a una fogata y juntos acechaban animales salvajes con cámaras fotográficas. Pensó en Bartolo, en la tía Martha, en sus perros, en su gato y su cordero constantemente y esperaba que todo estuviera bien con ellos. Al final de las tres semanas, el guía explorador de José llevo a todos los muchachos a su casa en su minivan.

Cuando la minivan llegó a la propiedad de José, Bartolo esperaba junto a la carretera. José preguntó a Bartolo si todo estaba bien. Bartolo dijo que las cosas estaban bastante bien. José preguntó por la tía Martha. Bart dijo que estaba bien. José preguntó por sus tres perros. Bartolo dijo que estaban bien. José preguntó por su gato. Bartolo dijo que ella estaba bien. José preguntó por su cordero. Bartolo no respondió. -preguntó José de nuevo. Bartolo todavía no respondió.

Finalmente José le preguntó a Bartolo: "¿Qué tal mi cordero? ¿Estaba bien?

-Bien -contestó Bart-. -¡Estaba delicioso!

Pistas Equivocadas

El líder de una de las naciones más poderosas del mundo hizo una visita de Estado a una nación del tercer mundo. Se le asignó un traductor de esa nación para acompañarlo a todas partes. El líder de esa nación tuvo una cena de estado en su honor. Más de 1500 personas asistieron. El traductor pasó gran parte de su tiempo traduciendo entre lo que los invitados de la cena le estaban pidiendo al líder y las respuestas del líder, mientras visitaba algunas de las muchas mesas que estaban en la gran sala de banquetes.

Después de la cena, el líder de la nación del tercer mundo presentó al poderoso líder de la próspera nación, para que pudiera, como de costumbre, dar un discurso. Se subió al podio y empezó a hablar.

"Esta es mi primera vez en su maravillosa nación", dijo. "He conocido a muchas personas maravillosas aquí esta noche." Él continuó. Pero para su consternación, no hubo absolutamente ninguna reacción por parte de la audiencia.

"He hablado con otros funcionarios gubernamentales de mi nación para ver cómo podemos ayudar a su nación". Pero la audiencia lo miró con cara de piedra.

En un movimiento desesperado, caminó detrás del líder de esa nación, y cuando él se paró al lado de él, puso una mano en cada uno de los hombros del hombre y gritó "¡Este hombre es mi amigo!"

La multitud empezó a gritar: "Mushy Pooshy!"

Asombrado, pero extasiado de que pareciera salir de la multitud, gritó: "¡Nuestro país va a dar a tu país una enorme cantidad de dinero en ayuda en los próximos tres años!" Otra vez la multitud gritó: "Mushy Poohsy! Mushy Pooshy! "

"De hecho", continuó, "¡Es mi sincera esperanza que nuestras dos naciones se unan próximamente en el futuro!"

Una vez más, la multitud gritó "Mushy Pooshy! Mushy Pooshy! "

Sintiéndose triunfante, salió de la habitación y al salir, pudo oír al micrófono del líder de la nación del tercer mundo gritando "¡Ahí va, un gran líder de una gran nación!" Al que el público aún más alto que antes proclamo "Mushy Pooshy! Mushy Pooshy! Mushy Pooshy !!! "

Mientras caminaba por el largo del corredor, que salía a donde estaba una limusina que lo esperaba para llevarlo al aeropuerto y luego a un avión que le esperaba, le preguntó repetidamente a su traductor cómo creía que el discurso había resultado. El traductor simplemente respondió: "No es mi lugar para decirle señor." Luego, después de caminar un rato, el traductor se detuvo abruptamente frente a un lavabo.

Se volvió hacia el líder y dijo: -¿Puedo pedirle un favor?

"Claro", respondió el líder.

"Se supone que voy a acompañarte a la limusina, pero hoy comí un almuerzo bastante grande y tengo que ir al baño a hacer un gigantesco Mushy Pooshy. ¿Puedo irme?"

-Por supuesto -contestó la respuesta mientras el poderoso líder de la próspera nación se alejaba sintiéndose un poco menos triunfante.

El Almuerzo Comunitario

Un grupo de siete hombres trabajaban en una pequeña fábrica. No les pagaron mucho y no había restaurantes decentes cerca del área inmediata, así que todos trajeron comida de la casa para el almuerzo. La comida que traían necesitaba calentarse. Todos almorzaban al mismo tiempo y el comedor no tenía microondas sólo una estufa. La parrilla de la estufa no funcionaba. Su horno no funcionaba. No tenía quemadores en la parte superior como la mayoría de las estufas; toda la superficie de la parte superior de la estufa era una parrilla.

Durante un tiempo los hombres tomaban turnos con la estufa, pero sólo permitía un máximo de cuatro o cinco de ellos para calentar su comida para el almuerzo. Todos los días, dos o tres de los hombres estarían descontentos porque tenían que comer un almuerzo frío. Esto duró unas semanas hasta que un día, cuando tres de los hombres, Pablo, Juan y Miguel tomaron sus almuerzos, los arrojaron a la parrilla de la estufa. Miguel trajo un filete de falda, Juan trajo trozos de patata y Pablo trajo pimientos verdes rebanados, pimientos rojos y cebollas. Los tres hombres cocinaron su comida juntos y el resultado fue que obtuvieron fajitas. Una vez que los otros hombres vieron esto, querían hacer lo mismo. Entonces Pablo tuvo la idea de que los siete hombres trajeran algo diferente y que un hombre lo cocinara. Nació la tradición cotidiana de compartir un almuerzo comunitario.

El almuerzo comunitario continuó durante varios años. Cada uno de los siete hombres se especializó en traer algo para la comida. Miguel siempre traía algún tipo de carne porque su hermano trabajaba en una carnicería y su jefe le dejaba llevar a casa la carne vieja. Juan siempre traía algún tipo de patatas porque vivía cerca de algunos campos de papa y siempre había patatas que se derramaban sobre la acera junto a los campos. Pablo tenía una huerta, así que siempre traía verduras.

Luis siempre traía tortillas porque su esposa trabajaba en una fábrica de tortillas. Gabriel siempre trajo el postre porque su esposa trabajaba en una panadería y ella llegó a llevar a casa pasteles del día. Marcos siempre traía los refrescos porque su hermano conducía un camión de refrescos.

El séptimo hombre, sin embargo, José, siempre trajo sándwiches de arroz español. Los sándwiches de arroz españoles consistían en arroz frío español entre dos rebanadas de pan blanco. Siempre estaban fríos, siempre sin sabor y siempre traía tres. Nadie comió ninguno de los sándwiches de José y José nunca comió ninguno de sus bocadillos. Siempre comía la comida preparada por los otros hombres. Incluso había sido visto llevándose a casa las sobras, cuando había alguna.

Un día, cuando José estaba ausente del trabajo, los otros hombres comenzaron a hablar de cómo José siempre había logrado comer la comida de todos los demás sin hacer una contribución significativa. El grupo había decidido echar a José fuera del almuerzo comunal y condenarlo a toda una vida de comer sus fríos sándwiches de arroz español. Eligieron a Pablo para decirle a Juan las malas noticias al día siguiente.

Al día siguiente, antes de comenzar el trabajo, seis de los siete hombres se reunieron en el estacionamiento esperando a que José llegara. Después de unos minutos, José se acercó sosteniendo una bolsa de plástico que los otros hombres sabían contenía sus tres sándwiches de arroz españoles. Con los otros hombres mirando, Pablo se acercó a José con la idea de decirle a él que los demás estaban hartos de los sándwiches de José y que lo iban a sacar del almuerzo comunal. Sin embargo, cuando José se acercó, le echó una buena mirada. Se dio cuenta de que sus ropas estaban muy gastadas. Su camisa le faltaba dos botones y su cuello estaba deshilachado. Sus pantalones eran los mismos que llevaba el día anterior y pensándolo bien los había usado, toda la semana. Miró a los pies de José cuando se acercó y pudo ver que tenían agujeros en las suelas.

Pablo se dio cuenta de que en realidad no sabía demasiado acerca de su compañero con el cual había trabajado durante seis años. Decidió averiguarlo antes de pronunciar el duro veredicto de los otros hombres.

"Buenos días José, Pablo preguntó, ¿Cómo estás hoy?"

-Estoy bien -contestó José-.

-Los hombres y yo tenemos algo de lo que nos gustaría preguntarle -dijo José con una actitud muy cortés.

"Adelante, pregúntame", respondió José.

"Todos los días durante el almuerzo comunitario, trae los mismos bocadillos de arroz españoles", comenzó Pablo.

"¿Y nosotros, uh, nos estábamos preguntando por qué?" Él finalmente le dijo.

Cuando José respondió, las lágrimas empezaron a brillar en sus ojos, "No tengo hermanos o hermanas que trabajan en un carnicería o una panadería. Mis hermanos y hermanas están muertos. Mi esposa es inválida. Tengo a 12 niños en casa. Yo soy el único que trabaja ", dijo con una voz temblorosa. Estos bocadillos de arroz español son las comidas de la familia cada día, cada comida. No son mucho, pero son todo lo que tengo que ofrecer. Realmente me gustan estas comidas comunitarias porque es la única oportunidad que tengo para comer algo diferente. Me llevo las sobras a la casa porque es la única posibilidad de que mi familia coma algo diferente ", concluyó.

La expresión de la cara de Pablo cambió. Miró y vio que los otros cinco hombres habían cambiado la forma en que miraban a José también. Pablo y los demás hombres sabían que casi cometieron un terrible error. Le dijo a José que este día, en realidad iban a usar sus sándwiches de arroz español. José tal vez por primera vez en un buen rato comenzó a sonreír.

Ese día, a la hora del almuerzo, Pablo le pidió a José los bocadillos. Vació el arroz español y comenzó a cocinarlo en la parrilla. Cortó el pan en triángulos y lo hizo tostado. **Integrándolo con todos los** otros artículos maravillosos en el almuerzo comunal el arroz español no estaba mal. A partir de ese día, los bocadillos de arroz español de José siempre se integraron como parte del almuerzo comunitario. A partir de ese día, los otros seis hombres trajeron más variedad al menú de almuerzo y trajo un montón de comida extra. A partir de ese día siempre había un montón de sobras para que José se llevara a casa.

El Tonto Inquisitivo

Hay un joven que conocemos que se llama Lance. Es un hombre blanco, de clase alta, de buen aspecto. Él se ha graduado de la universidad con un diploma
En Artes Estudios Liberales. Él ha llevado una vida de privilegio. Ha viajado por el mundo pero sólo habla inglés. Él es educado, pero debido a que es totalmente absorto en sí mismo, a menudo hace cosas que otros consideran desconsideradas. Es muy curioso. Ha vivido en casa toda su vida con un mayordomo y criadas para cuidarlo. Ahora que tiene 25 años, ha decidido mudarse y ha comenzado a vivir solo. Ya no está en un ambiente enclaustrado, bajo la protección de mamá y papá, se ha soltado en el mundo. Él es el loco inquisitivo.

El breve incidente

Un día, Lance paseaba por el pasillo de un gran almacén. Él estaba buscando unos cuantos pares de ropa interior. Vio a una vendedora joven y bonita que caminaba cerca. Decidió hacer su movimiento.

-Discúlpeme señorita -dijo Lance-.
La joven se dio la vuelta y vio lo guapo que era Lance. -Sí -respondió ella-.
-¿Puede ayudarme a elegir unos nuevos pares de ropa interior? -preguntó Lance.
"Boxeadores o bragas." La empleada respondió.
-Bragas-respondió Lance.
"¿Qué talla?", Preguntó.
"No estoy seguro" respondió Lance.
Bajó la vista hacia su entrepierna. Obviamente estaba feliz de verla.
"Yo diría que eres una talla grande", dijo.
-De acuerdo -dijo Lance torpemente-.
-¿Cómo es que no sabes qué ropa interior usas? - preguntó.
"Mamá usualmente compra mi ropa interior." Dijo.
-¿Eres un niño de mamá? -preguntó.
-No sé a qué te refieres -dijo Lance-.
"Sabes, un chico de mamá, alguien que ama a su mamá." Ella explicó.
"Oh, sí, amo a mi mamá. ¿tu no amas a tu mamá?
"Preguntó con una mirada de perplejidad en su rostro.
"Por supuesto que amo a mi mamá," ella

Respondió. "Pero es extraño que un hombre ame a su mamá demasiado, ya sabes, como una especie de chico grande de mamá." Ella concluyó.

"Estoy confundido." Dijo. ¿Estás diciendo que soy grande y soy un chico de mamá o estás diciendo que mi mamá es grande y yo soy su niño? "Continuó.

-Ninguna -dijo ella-. "Sólo quería saber si eres un chico de mamá porque dijiste que tu mamá generalmente escoge tu ropa interior." Ella le explico.

-Oh -dijo-. "Bueno, me encanta mi mamá y ella escoge la ropa para mí, pero todavía no entiendo si estás diciendo que soy grande o que mamá es grande porque, te lo aseguro, ninguno de nosotros es".

"No estoy diciendo que ninguno de los dos es grande, yo uso la palabra grande para enfatizar el grado en el que usted es un niño de mamá." Ella dijo en un tono enojado.

"No creo que sea un chico de mamá en absoluto." Dijo.

"Oh, ya hemos establecido que eres un chico de mamá, ahora estamos simplemente determinando el grado de la infancia estas con tu mamá." Dijo mientras le entregaba un paquete de calzoncillos talla veinte y blancos.

Justo entonces, otro cliente le pidió ayuda a la joven y ella se fue a ayudar a esa persona.

Lance se quedó allí, atónito, preguntándose qué

habría hecho para molestar a la mujer.

La Historia de un Culero

Lance caminaba por una calle llena de gente. Inadvertidamente pisó el pie de una mujer. No se dio cuenta y siguió caminando. Él no había caminado más que un paso o dos lejos de ella cuando la mujer gritó "CULERO!" con todos sus pulmones.

Lance se detuvo y se volvió. Miró a la mujer, preguntándose si estaba tratando de comunicarse con él.

Ella lo miró directamente a los ojos y gritó "CULERO!"

-¿Estás hablando conmigo? -preguntó Lance.

Ella repitió "¡Culero!"

Lance pensó que tal vez la mujer estaba herida. -¿Tiene dolor, señora? -preguntó Lance.

-No, idiota. Ella respondió.

Lance pensó durante un minuto. Tal vez no hablaba español y esa palabra significaba otra cosa en su idioma.

Se acercó mucho a la mujer. Empezó a hablarle muy despacio y muy fuerte. Tú en América. Nosotros Hablamos español aquí! "¿Qué hablas? ¿Habla español? ", Gritó

Los ojos de la mujer se desorbitaron. "¡Eres el mayor culero del mundo!" Ella gritó con todo sus pulmones.

La mujer gritó tan fuerte, todo el tráfico en la calle, tanto los autos como el tráfico a pie se detuvo. Todas las personas de la calle se volvieron para mirar a la mujer y a Lance, eran el blanco de su crítica.

Lance respondió. "¿Cómo puedes decir eso?", Respondió. "¿Has visto a todos los culeros del mundo?"

"¿Qué?" Respondió la mujer incrédula.

-¿Y cómo conseguiste que todos se bajaran los pantalones? Lance continuó.

-¿Y cómo los midió usted, para decir que el mío es, como usted dice, el más grande?

Convencida de que había encontrado a un fugitivo del manicomio, la mujer se dio la vuelta y huyó de Lance tan rápido como sus pies la llevaron.

Lance le grito a ella. "¡Eso es correcto, eso es lo que obtienes por hacer afirmaciones que no puedes corroborar!"

El Pedicure

Un día Lance estaba buscando un salón para que pudiera hacer un pedicure. Sus uñas de los pies se habían salido de control y había estado haciendo pedicure desde los ocho años, por lo que estaba acostumbrado a ellos. Solía ir al salón de la señora Boston, al que fue su madre. Ahora que estaba solo, la Sra. Boston cobraba un poco cara para él. Estaba conduciendo por la calle y vio un salón de uñas en un centro comercial. Se llamaba El Dedo Feliz de Sally . Decidió probarlo.

Estaciono el coche y se acercó al salón. Notó un montón de escritos extranjeros en la ventana. Una mujer asiática de mediana edad lo saludó mientras entraba.

"Hola señor, ¿estás aquí para comprar un certificado de regalo para tu esposa?" Ella preguntó.
-No, me gustaría una pedicure -respondió.
-¡Oh, sí! -exclamó-.

-¿Cuánto cuesta? -preguntó Lance.

"$ 22.50." Ella respondió.
-De acuerdo -respondió Lance-.

La mujer llevó a lance a una silla de barbero con una bañera para los pies delante de ella. Lance se sentó. Otra mujer asiática se acercó y tomó los zapatos y los calcetines de Lance.
Hizo una mueca cuando vio los dedos de los pies. Ella puso sus pies en la bañera de pies y comenzó a llenarlo con agua tibia. Lance se echó hacia atrás y cerró los ojos, disfrutando de la sensación del agua caliente que caía sobre sus pies.

La sensación era tan agradable y Lance estaba tan relajado, que casi se quedó dormido. Entonces sintió algo alzando uno de sus pies. La mujer que le estaba dando un pedicure comenzó a trabajar en uno de sus pies. Mientras trabajaba empezó a hablar en una lengua extranjera. Otra mujer estaba hablando con ella. Ella también estaba hablando en una lengua extranjera. Hablaron durante unos minutos y mientras hablaban, Lance empezó a volverse autoconsciente. Sólo sabía que estaban hablando de sus pies. Entonces la mujer puso su primer pie y cogió su otro pie. Las dos mujeres se echaron a reír. ¡Eso es! Lance estaba seguro de que estas dos mujeres se burlaban de sus pies. Él abrió los ojos de repente.

La mujer que estaba hablando con la mujer que

estaba dando a Lance la pedicure gritó. La mujer que le estaba dando a Lance la pedicura, oyó el chillido y se sobresaltó, dejando caer el pie de Lance en la bañera.

"Oh, lo siento señor." Ella dijo disculpándose. -Pero me sobresaltó -continuó-.

-Podría haber jurado que hablabas de mí -dijo Lance-.
"Oh no señor," Ella Respondió. "Nunca haríamos algo así", concluyó.
"No me gusta que la gente hable en otro idioma cuando están a mi alrededor", dijo Lance.
   Las dos mujeres no hablaron el resto del tiempo Lance estaba recibiendo el pedicure. Cuando la mujer terminó, Lance se acercó a la caja registradora. La misma mujer que saludó a Lance cuando entró estaba allí.
 "$ 22.50" dijo ella.
Lance le dio dos billetes de veinte dólares.

"¿Te gustaría dejar una propina para la chica que le dio el pedicure?", Preguntó.
"Yo no lo haría." Lance respondió con un tinte de ira en su voz.
-¿Por qué, algo no le agrado? -preguntó.
"¡No volveré a frecuentar este establecimiento otra vez señora!" Él indicó.
-¿Por qué no?

"Porque me siento incómodo estar en lugares donde la gente habla en un idioma extranjero justo delante de mí".

-Entonces, tal vez deberías moverte a algún lugar donde no haya extranjeros.

-¿Dónde estaría? -preguntó Lance.

-En una isla desierta.

El mal olor

Edgardo y su esposa Berta habían estado viviendo en su pequeña casa de un dormitorio por poco más de un año. Habían visto pero no habían llegado a conocer a muchos de sus vecinos. Los dos que habían llegado a conocer eran diferentes como la noche y el día.

Uno de los dos era Bovino. Era un instalador de calefacción y aire acondicionado retirado. Él sabía todo lo que estaba sucediendo en el vecindario. Edgardo o Berta iban con el Sr. Bobino cuándo buscaban respuestas siempre que tenían una pregunta sobre el vecindario ya sea una historia de cualquiera de los vecinos que no conocían o cualquier otra cosa que estuviera sucediendo. Sr. Bobino siempre estaba bien informado y además era amable.

Boris Simmons era el otro vecino que Edgardo y Berta habían llegado a conocer. Un desempleado, borracho perenne, nunca sabía mucho de nada. Edgardo y Berta le saludaron de vez en cuando a lo que él respondió con un gruñido o una escaramuza de palabras de maldición. Boris no era un hombre feliz. No tenía trabajo, pero tenía coches. Tenía coches en su garaje, coches en su patio trasero, coches en su camino de entrada, coches en su césped delantero y coches estacionados en la calle. Todos sus coches estaban apenas funcionando o no funcionando en absoluto. Todos los coches de Boris eran clásicos de un tipo u otro. Los arreglaba y los vendía, pero no había vendido más de un par desde que Edgardo y Berta se mudaron.

Un sábado, Edgardo olio un mal olor. Primero le llego el olor alrededor de las 7:00 de la mañana cuando caminó por su entrada para obtener el periódico de la mañana. A medida que el día progresaba, el olor se puso cada vez peor hasta las 5:30 p.m. cuando Edgardo no podía soportarlo más. Cruzó la calle hasta la casa del Sr. Bobino y llamó a su puerta.

El señor Bobino respondió a la puerta. Edgardo le contó sobre el olor y preguntó de dónde podría estar viniendo. El señor Bobino le dijo a Edgardo que algunas de las casas del vecindario todavía usaban tanques sépticos, tal vez fuera una de ellas. Luego, sugirió que podría ser un animal muerto. El señor Bobino estuvo de acuerdo en husmear e intentar averiguar de dónde venía el mal olor. Edgardo regresó a su casa y esperó a que el señor Bobino se acercara con la respuesta.

Media hora más tarde, Bobino llamó a la puerta de Edgardo. Le dijo a Edgardo que encontró de dónde venía el olor. Edgardo y Berta siguieron al Bobino por la calle. Se detuvo en la casa de su vecino. "Viene de esta casa." Dijo con confianza mientras señalaba a la casa de Boris Simmons.

-¿Boris? -respondió Berta con evidente incredulidad. "¿Estás seguro?" Continuó.

"Esta nariz nunca miente", dijo el señor Bobino señalando su nariz.

-¿Qué huele a usted, señor Bobino? -preguntó

Edgardo.

"¡Huele como un tanque séptico!" Bobino respondió. "Lo único es", continuó Boris no está en el séptico; el se conectó al alcantarillado hace cinco años.

-Tal vez sea un animal muerto -dijo Berta, esperando que no lo fuera.

-No, querida -dijo Edgardo-. "Eso no es un olor a animal muerto." Él continuó.

-¿Qué huele usted, Edgardo? -preguntó Bobino. Edgardo se tomó un momento y olisqueó el aire, luego dijo: -Antes, yo habría jurado que era una alcantarilla -dijo-. "Pero ahora huele a una fuga de gas natural", concluyó.

"No hay respiraderos de gas natural por aquí", declaró enfáticamente Bobino.

-Tal vez esté en la casa de Boris. "Voy a ir a llamar a su puerta." Dijo mientras daba unos pasos hacia la puerta de Boris.

"¡Espera, cariño!" Gritó Berta. "No hay luces encendidas en su casa, si hay una fuga de gas y él está ahí, él puede encender una luz cuando la golpee va a hacer que el gas explote! "Ella advirtió.

Pensando en lo que dijo Berta, Edgardo se detuvo en seco, sacó su teléfono celular y llamó al 911. Informó de una posible fuga de gas natural y le dio la dirección de Boris. El operador del 911 despachó un camión de bomberos. Justo entonces, Boris Simmons salió de su patio trasero con una lata de cerveza en la mano.

"¿Qué es esto de una explosión?", Dijo quijotesco.

"¡Boris!", Gritó Berta, "¡Algo apesta en tu propiedad!"

Boris pensó un segundo y luego levantó el brazo libre de cerveza y olfateó sus axilas.

-No, Boris -dijo Edgardo-. Huele a una fuga de gas.

"No creo que haya gas en mi casa", dijo Boris.

    Justo entonces un camión de bomberos llego. Un pelotón de hombres de fuego emergió. Hablaron con Edgardo quien les dijo que pensaba que había una fuga de gas. Los bomberos coincidieron en que pensaban que no olía a gas, pero que olía a aguas residuales o tóxicas. Caminaron por la casa de Boris. Ellos traían una poderosa linterna brillante e hicieron un rastreo abierto, en el espacio bajo su casa, en busca de un animal muerto, pero no encontraron nada más que arañas. Obtuvieron el permiso de Boris y entraron cautelosamente en su casa, pero no encontraron fugas de gas. Luego siguieron a Boris hasta su patio trasero. Quince minutos más tarde surgieron. El bombero principal se acercó a Edgardo.

"¿Eres el hombre que llamó al 911?" Preguntó.

-Sí, fui yo -respondió Edgardo-.

"Encontramos la causa de ese mal olor." Dijo.

-¿Fue una fuga de gas? -respondió Edgardo. "Sólo llamé al 911 porque pensé que el vecindario podría estallar." Continuó.

"No fue una fuga de gas." El bombero respondió.

"Era una batería de coche sobre cargada."

Edgardo pensó por un momento. Se sentía estúpido. Él llamó al 911 por una seguridad en cuestión y todo resultó ser una batería sobrecargada de un coche en mal estado.

-Siento mucho por haber hecho que perdieran su tiempo -murmuró Edgardo, medio avergonzado.

"No perdimos nuestro tiempo", dijo el bombero. "Ese olor fue desprendido por el azufre de una batería sin ventilación, de ser recocido. No habría explotado, podría no haberse incendiado pero es un poco tóxico, especialmente para los pequeños animales y mascotas que viven en la zona. Salvaste la vida de una ardilla o del gato de alguien".

Con eso los bomberos guardaron todo se fueron. Edgardo se dio la vuelta y estaba molesto ya estaba atardeciendo. Boris volvió a su patio trasero, algo avergonzado, el Sr. Bobino fue a casa y Edgardo caminó con Berta de vuelta a su casa sintiéndose un poco menos tonto. Al girar su llave en la cerradura de su puerta, Berta comenzó a hablar.

-Querido -dijo-, creo que llamaré al 911 sobre los desechos tóxicos en nuestra casa -dijo con un tinte de ira en su voz-.

Edgardo se volvió, algo sorprendido y respondió: "¿Qué desechos tóxicos?"

Berta sonrió y respondió: "Usted dejó un par de ropa íntima sucia en el piso de nuestra habitación esta mañana".

El Poder de la Soda

Dos compañeras de clase eran amigas como ningunas. Virginia era una católica muy devota. Pamela era una católica desilusionada con una personalidad adictiva. Un día después de la escuela, Pamela pidió a Virginia que se uniera a ella para tomar un refresco.

-No, gracias -respondió Virginia-. Dejé la soda por ayuno.

-Eso es gracioso -respondió Pamela-. Dejé el ayuno por la soda.

La Maldición de la Mujer Gitana Enojada

El gran José McGillicuddy era un hombre gigante. Con casi siete pies de alto y 403 libras, él avanzaba pesadamente y, si estaba en el lugar correcto, la tierra temblaba mientras caminaba. Era un gigante gentil que nunca dañaría intencionalmente a nadie. También era muy torpe y, a menudo, golpeaba las cosas, tropezaba con la gente o se paraba en sus dedos. Él nunca tuvo ningún problema porque incluso la persona más mezquina se detenía a decir algo con cólera una vez que vieran a José el gigante.

Un día, José el gigante estaba en el supermercado mirando naranjas cuando accidentalmente pisó el dedo gordo de una mujer. La mujer, era una gitana, y lo maldijo.

Ella dijo: "¡Te maldigo por pisar mi querido dedo del pie grande!"

José sólo dijo "lo siento" de una manera tímida.

La mujer no se perdió el tiempo y continuó su maldición.

"Yo estimo que obtendrás un caso brutal de botulismo, y la epidemia de diarrea!", Continuó.

José el gigante se alejó riendo consigo mismo.

"¡No creo en maldiciones, son un montón de Tonteras!", Murmuró entre dientes.

José el gigante se alejó esto hizo que la mujer gitana se enojara aun mas con él y ella gritó en voz alta a través de los pasillos.

"¡Y mientras seas contagioso expondrás a tu

familia al hongo del pie de atleta!"

José se alejó un poco más ligeramente avergonzado, pero todavía, pensando que la mujer se ataba haciendo un tonta a misma.

-¡Pero primero, tu nariz se caerá!

Al oír esto, José el gigante comenzó a reír histéricamente mientras caminaba más lejos. Luego se le cayó la nariz.

La Futilidad de Retener Resentimientos

Cuando era decano en una escuela preparatoria en el centro de un distrito escolar metropolitano importante, aprendí muchas lecciones sobre tener resentimientos. La escuela está ubicada en una zona a una milla donde había habido tantos como 26 homicidios en un período de seis meses. Estuve a cargo de la disciplina. Había muchas pandillas locales en el vecindario y algunos de sus miembros estaban entre nuestros estudiantes. Había un promedio de tres peleas por semana. Casi la mitad eran peleas entre dos chicos, la otra mitad entre dos chicas. La mayoría de las peleas eran por razones estúpidas e infantiles. Muchos eran por falta de respeto. La en mayor parte la falta de respeto recibida que enfrenta a un niño contra otro no era por algo que las personas que peleaban dijeron o hicieron el uno al otro, sino por algo que un amigo les dijo que la otra persona dijo o hizo. En otras palabras, la mayoría de las peleas eran sobre un rumor o sobre una insinuación, no era real, o la experiencia no era personal.

La mayor parte del tiempo, cuando les hago ver la mezquindad de las razones de la ira entre las dos partes a su atención, ambas partes se dan cuenta de su estupidez y enfrían su ira mutua. Si eso no funciona, traigo a su atención el hecho de que han sido manipulados como títeres por sus amigos y conocidos. Eso suele llevarlos a sus sentidos. Sin embargo, el betún del pastel es cuando les hago saber las consecuencias de su pelea. Las consecuencias pueden variar desde una suspensión de un día de la escuela o en el caso de lesiones corporales, una citación. Los resultados de una citación son tanto los estudiantes involucrados en la pelea tienen que comparecer ante un juez con sus padres y pagar una multa de $ 450. También podrían terminar con un registro criminal. Los estudiantes severamente violentos no reciben una citación; simplemente son llevados a la cárcel juvenil. Simplemente pasar por esta clase de consecuencias a menudo obtiene que los estudiantes enfríen sus temperamentos.

Los peores casos son aquellos donde el enojo entre en las dos partes y resulta en un rencor para toda vida. En mi experiencia esto ocurre más a menudo entre las niñas. Algunas de las peleas son el resultado de una profunda ira basada por algo que ocurrió hasta hace siete u ocho años antes. Es muy difícil detener a alguien con rencor porque las consecuencias, por duras que sean, no significan tanto para ellos como satisfacer su necesidad de venganza.

Un resentimiento infectó a un buen amigo mío. Tenía unos 40 años en ese momento. Estaba saliendo con una mujer que deseaba mucho. Otro amigo suyo, llamémosle Miguel, era amigo de la chica y cuando le confió que mi amigo la estaba maltratando, Miguel le dijo que no aceptara ese tipo de falta de respeto. Como resultado, dejó a mi amigo. Mi amigo estaba devastado y muy enojado. No sólo estaba enojado con la mujer, sino también con Miguel.

No sé qué otras cosas él pudo haber hecho a ellos pero sé que él expresó su descontento con ellos en el contestador automático de su teléfono casero. Mi amigo a menudo creaba sus propios mensajes en su contestador automático. Él tocaba una canción que le gustaba en el fondo y daba "las gracias" (cantaba las alabanzas de las virtudes de sus amigos) con la música. Después de este acontecimiento sin embargo, él cambió su consonancia. Él tocó una canción que le gustaba, pero en lugar de dar gracias a sus amigos, entró en una grabación de 3 minutos acerca de que Miguel era una persona de mierda. Ni siquiera usó el apellido correcto de Miguel (probablemente no podría pronunciarlo). En cambio, lo llamó Miguel Matabuey. Después de eso, fue muy difícil ponerse en contacto con mi amigo. El no regresaba las llamadas telefónicas. Lo llamaba periódicamente y el mensaje con la grabación permanecía en su máquina durante más de un año. Sin temor, le dejaba mensajes preguntando a mi amigo cómo estaba y que hacía o acerca si nosotros podríamos reunirnos, pero él nunca respondió.

Esa Navidad, llego una tarjeta de Navidad de él. Era muy hermosa y tenía las palabras "Felices fiestas y los mejores deseos para el nuevo año" impreso en ella. En el interior, escribió un mensaje personal. "Espero que estés bien, yo estoy bien y quiero desearte la mejor Navidad de todos los tiempos." Seguido por las palabras "Ya no me ocupo de ese gilipollas de Miguel, él convirtió a una mujer con la que estaba saliendo en contra de mí ahora que se le pudra el culo. "Inmediatamente traté de llamar a mi amigo, pero contesto su contestador automático. Para mi sorpresa, había grabado un hermoso villancico. Añadió una voz agradable. Pensé que tal vez él estaba por fin fuera de su rencor mientras escuchaba su voz en un estilo calmado, de voz suave pronunciar las palabras ... "Navidad, una temporada de alegría y amor y perdón. Quiero desearos a todos una Feliz Navidad y un feliz año nuevo... y luego su voz cambió a un tono más áspero cuando dijo: "¡Excepto por ti, Miguel Mataguey, te puedes podrir en el infierno! "Entonces su voz cambió a un tono más suave mientras pronunciaba" Sea tan amable de dejar su mensaje".

Mi amigo había permitido que su ira penetrara en su pensamiento cada vez que estaba despierto. Estoy seguro de que estaba el más torturado por él de lo que hubiera sido si él lo hubiera dejado ir y seguir adelante. Estoy seguro de que sería un hombre cambiado y lo seguirá siendo hasta que el tiempo o la compasión lo convenzan de que deje ir su ira. Esa es la futilidad última de los rencores; te consumen dejando poco tiempo para las cosas que podrías estar logrando en tu vida.

El Malentendido Internacional

Kay Kay (que, que) era una mujer de unos cuarenta años. Nunca había salido de Estados Unidos. Ella decidió ir al soleado México. A pesar de que no hablaba el idioma, pensó que sería una experiencia divertida y nueva ir a algún lugar donde nadie la conociera. Embaló su maleta y abordó el avión de Minneapolis a Puerto Vallarta sin ningún problema.

Cuando Kay (que) estaba en el avión, la azafata llegó y distribuyó formularios de aduanas. Por suerte tenían traducciones al inglés escritas debajo del texto español. Kay(que) sacó su pasaporte, llenó los formularios y luego tomó una siesta. Se olvidó por completo de que había puesto su pasaporte y la forma en el bolsillo trasero de la revista en el asiento frente a ella.

La azafata despertó a Kay (que) 15 minutos después de que el avión aterrizó. Kay (que) notó que el avión estaba casi vacío. En pánico, cogió su maleta y salió corriendo del avión. Ella esperó en la línea de la aduana en el aeropuerto por cerca de 45 minutos. Caminó hasta el corpulento agente de aduanas mexicano y comenzó a hablar. "Pasaporte." Dijo enérgicamente.

Kay (que) buscó en su bolso, pero no pudo encontrar su pasaporte. Su rostro se puso rojo como una remolacha. El Agente de Aduanas noto inmediatamente su vergüenza.

-¿Qué es tu nombre? -preguntó.

"¿Mi nombre?" Ella dijo tímidamente.

-Si -dijo-.

"(612) 555-1212." Ella respondió.

"No señora, no el número de teléfono, su nombre."
El Agente de Aduanas respondió

-Mi nombre es <u>Paco</u> -continuó-.

"Kay."(que) Kay (que) respondió

"Tu nombre." El Agente de Aduanas repitió.

"Kay"(que), respondió Kay (que).

El agente de aduanas repitió un poco más agitado.

"Kay."(que) Kay (que)respondió un poco más alto.

"Dios Mio", declaró el Agente de Aduanas.

"Y tu apellido." Él continuó. Mi apellido es
Sánchez.

"Kay"(que), respondió Kay (que).

¿"Por qué usted no entiende?" El agente de aduanas
declaró. Tu nombre y tu appellido

Kay,(que) Kay.(que) "Dice Kay (que)

"¿What? ¿ Que? "El agente de aduanas declaró con
incredulidad.

"Si," contestó Kay.(que)

"¿Qué? Si" Preguntó el Agente de Aduanas.

"No," dijo Kay,(que) "¡Kay Kay!"(que,que)

El Agente de Aduanas estaba muy furioso.

"Porque, Que Que?"

"No soy Porky!" Respondió Kay que con enojo.

"De hecho, estoy muy delgada!"

En ese momento la azafata se acercó con el
pasaporte de Kay (que) y el formulario para los
clientes

-Ha dejado esto en el avión, señora -dijo la azafata-
.

Kay (que) entregó el pasaporte y el formulario al
Agente de Aduanas. Echó una mirada al pasaporte
y una gran sonrisa apareció en su rostro.
"¡Kay, Kay!" (que)(que) Dijo con alegría y alivio
en su voz.
Sello la forma y el pasaporte y le devolvió el
pasaporte de Kay. (que)
Kay (que) tomó su pasaporte y mientras caminaba
dijo: "Y yo no soy porky!"

Biografía del Mark Wilkins
El Narrador

Mark Wilkins, es mejor conocido por sus lectores como El narrador. Él publico la serie de un cuentacuentos de libros para la Edición Internacional de la Fuerza del Amor. A diferencia de la mayoría de las otras series de libros, no se concentra en un personaje en particular o en una línea particular. En cambio, se centra en los libros de historias cortas en varios géneros por un autor en particular (Mark Wilkins). Algunos de los libros en la serie de libros de El Narrador incluyen la ficción seria (una semana de la ficción), la ficción humorística (rebanadas de la vida) y una mezcla de la ficción seria y chistosa y de la no ficción (Confesiones de un salón de clase) y de la ficción sobrenatural La historias de lo supernatural).

Wilkins escribe: Los lectores que disfrutan de mis libros como la lectura que chispea su imaginación. Les gustan las historias con personajes memorables y extravagantes en temas inusuales. Les gustan las vueltas y vueltas inesperadas en la trama. Si alguna de estas cosas que mis lectores disfrutan lo describe, entonces también disfrutará mi escritura.

Me siento cómodo escribiendo en muchos géneros diferentes. Escribo ficción humorística y seria. Algunas de mis historias se basan en hechos verdaderos, otros son totalmente mi invención. Depende de usted, el lector, decidir qué historias se basan en hechos reales y cuáles son completamente mi invención porque no lo estoy diciendo. Me gusta contar historias y trabajo muy duro para que esas historias sean convincentes y entretenidas. Espero que disfrute leer mis libros.

Las rebanadas de la serie Las Rebanadas de la Vida son una colección de historias cortas humorísticas sobre vida. La mayoría de ellos se ocupan de matrimonio y miembros de la familia. Desde los cónyuges inteligentes hasta los pequeños niños inteligentes para los chicos que tratan de impresionar a sus amigos y suegros tratando de dominar la tecnología de cada historia es como una pequeña porción de la vida, pero juntos, constituyen un pastel irresistible. Siéntese, tome una taza de café y disfrute de algunas rebanadas de mentira porque, antes de que usted lo sepa, usted habrá terminado las rebanadas enteras. Hay dos libros en la serie.

Serie de una Semana de Ficción: Cada libro contiene 7 historias inusuales de ficción que explora diferentes aspectos del género. A menudo despótica ya veces surrealista, si quieres historias que nunca olvidarás, solo necesitas contar hasta 7. Hay cuatro volúmenes en la serie.

Serie de Confesiones en el Aula: Una colección de historias, perspectivas y poemas sobre los problemas que enfrentan los maestros, estudiantes y administradores involucrados en la educación pública. Cuestiones como la presión de los compañeros, la gestión del aula, la violencia, las pandillas, la corrupción, el escándalo y el suicidio se tejen a lo largo del tapiz de historias de esta colección. Hay dos libros en la serie.

Historias de la serie sobrenatural: Esta colección de historias cortas te perseguirá y te entretendrá. Ya sea el clásico mal de Un Pedazo de Carbón o la fantasía de El Fantasma en la Casa esta colección de historias cortas y poemas te perseguirá, emocionará y te entretendrá. Hay dos libros en la serie.

Atentamente

El Narrador
Mark Wilkins

Libros en Espanol de Kindle
- Por Amor Fuerza Internacional Publishing
- Todo ese n Ingles tambien

• **Historias Verdaderas de inspiración y interés general** ¿Qué hacen los adictos de teléfonos celulares, George Orwell, pájaros, Paul McCartney, el Premio Nobel, el Viernes Negro, Led Zeppelin, basura, una charla, de inflexión, Steve Jobs,

Shakespeare, los pensamientos de inspiración y lamadre ¿Qué tienen en común?

Estás historias son reales en este libro. Son verdaderas Historias de Inspiración e

Interés General reúne cuentos y poemas sobre las celebridades, las tendencias y la gente común. A veces es sorprendente, siempre interesante, que al mismo tiempo le entretendrá y le dará algo en qué pensar.

Autor: El Profeta de la Vida ASIN: B00TXWVNUC

Confesiones de un Aula: es una serie de historias reales sobre la experiencia de las líneas de frente de la educación pública. En sus páginas se encontrará con personajes estrafalarios, lo bueno, lo malo y lo más cafeínado. Algunos de ellos son profesores, algunos estudiantes y algunos son administradores. Algunos le hará reír, otros te hará llorar, pero todos ellos desempeñan un papel importante en la educación pública. Sus historias están escritas en forma de entretenimiento y para darle algo en que pensar.

Autor: Mark Wilkins ASIN: B01MSV4N92

• **Rebanadas de Vida Rebanadas:** es una colección de cuentos humorísticos sobre la vida. La mayoría de ellos son de los miembros de la familia y del matrimonio. De cónyuges inteligentes, los niños pequeños inteligentes, de chicos tratando de impresionar a sus amigos, de leyes tratando de dominar la tecnología de cada historia es como un pequeño trozo de vida, pero en conjunto, forman un pastel irresistible. Siéntese a tomar una taza de café y disfrutar de algunas rebanadas de Vida. Autor: Mark Wilkins ASIN: B01BBBZUL0

Controversia: ¿Qué Caitlyn Jenner, Donald Trump, una cura para el SIDA, los hackers chinos, Adolf Hitler y el calentamiento global tienen en común? Todos ellos están en el centro de una controversia y hay historias sobre ellos en este libro único que Voltea a las titulares de los tabloides de adentro hacia afuera. Autor: El Profeta de la Vida ASIN: B01CRF3098

Lo Que La Fe Me ha enseñado: En este volumen repleto, de pensamientos espirituales e inspiradores el autor es un líder, el profeta de la vida comparte su fe, percepciones espirituales y lecciones de la vida que le pueden ayudar, inspirar y orientar hacia una mejor vida. Autor: El Profeta de la Vida
ASIN: B01EE3QSW2

Historias de lo sobrenatural 1: Un libro de la serie Narrador Volumen 1Fantasmas, criaturas demoníacas, y la muerte. Esta colección de historias cortas lo perseguirá y entretendrá. Ya sea la malvada historia clásica de un trozo de carbón o el capricho de un fantasma en la casa esta colección de cuentos y poemas perseguirá y entretendrá **Autor: Mark Wilkins ASIN:** B01MA12YXY

Historias de lo Sobrenaturale 2
En esta secuela de Historias de lo Sobrenatural hay más fantasmas, criaturas demoníacas y la muerte. Esta colección de relatos cortos centra de fantasmas y monstruos. Dentro de sus páginas te maravillarás con las hazañas de El Coleccionista de Almas, temblará ante la mención del temido Bungadun o el El Infierno Banger y montarás los rieles en el tren fantasma. Correa en sus cinturones de seguridad, va a ser un viaje accidentado!
Autor Mark Wilkins ASIN: B01M4FXDL1

Historias clásicas para niños, Que usted probablemente nunca oído: Volumen 1

Si se trata de una historia sobre Príncipe tratando de encontrar la respuesta a una pregunta, una araña hablando de su salvador, un reino en problemas o un niño tratando de salvar el mundo se encontrará con ganas de leer historias de estos niños con sabor internacional una y otra vez.

Autor Dr. Ganso ASIN: B01MR5PR84

Historias clásicas para niños, Que usted probablemente nunca oído: Volumen 2

Ya se trate de las aventuras de un pollo que habla, la balada de un hombre peludo, una historia sobre un tipo que tiene gusanos como amigos o una historia infantil clásica actualizada y contada con un giro diferente este conjunto de historias infantiles entretendrán a los niños envejecidos en su familia.

Autor Dr. Ganso ASIN: B0755YK6NH

- **Citas sobre Dio:** Este pequeño libro esta lleno de algunas de las citas mas populares acerca de Dios atribuidas al Profeta de la Vida. Provoca ambos pensamientos e inspiraciones. Esta lleno de docenas de citas sobre Dios que uno puede leer y copiar para uso personal.

- **Autor: El Profeta de la Vida**

ASIN: B01BJXYHLY

Como Convertirse en la persona que siempre ha deseado ser.
Un simple personalizado, sistema, la transformación
Es un sistema para ayudar a las personas a transformar sus vidas. Yo quería que fuera simple, fácil de usar y no tomara mucho tiempo, dinero o esfuerzo. Es un simple sistema personalizado de transformación. Tiene ocho sencillos pasos que se mueven a través del proceso. **Autor: Mark Wilkins ASIN: B01MSYVU6R**

Confesiones de un Aula 2: Libro numero dos en una serie de historias reales sobre la experiencia de las líneas de frente de la educación pública. En sus páginas se encontrará con personajes estrafalarios, lo bueno, lo malo y lo más cafeínado. Algunos de ellos son profesores, algunos estudiantes y algunos son administradores. Algunos le hará reír, otros te hará llorar, pero todos ellos desempeñan un papel importante en la educación pública. Sus historias están escritas en forma de entretenimiento y para darle algo en que pensar.

www.ingramcontent.com/pod-product-compliance
Lightning Source LLC
Chambersburg PA
CBHW030547130626
46552CB00006B/2464